मैं और ये ज़िन्दगी

संदीप दहिया

Kalamos Literary Services LLP

Kalamos Literary Services LLP
Email: kalamosliteraryservices@gmail.com
Published in 2017
by
Kalamos Literary Services
ISBN- 9789384315634

Printed at Replika Press Pvt. Ltd.

अनुक्रम

1

चंद सवालों का जवाब ना दे सकी
बड़ी विद्वान बनती है ज़िन्दगी

मेरे दिल के जो रोज़ पार होता है
उस तीर की कमान बनती है ज़िंदगी

मुझे बेघर और दर बदर कर के
बहुत महान बनती है ज़िन्दगी

मुझे उड़ने की ख़्वाहिश है अब
मगर भारी सामान बनती है ज़िन्दगी

मैं कितनी भी घर की आरज़ू करूँ
बस एक मकान बनती है ज़िन्दगी

मंज़िलों से मीलों दूर हूँ अभी मैं
पैरों की थकान बनती है ज़िन्दगी

मैं इस धूप में झुलस ना जाऊं कहीं
कुछ देर तो मुझपे अपना साया करदे

एक बार कहदे कि तुझे भी मोहब्बत थी
फिर चाहे हमेशा के लिये पराया करदे

महंगाई का ये दौर और मेरी मुफ़लिसी
थोड़ा कम अपने दिल का किराया कर दे

कुछ अश्क़ तेरी हथेली पे रख दिए हैं मैंने
इनको होंठों से लगा कर सवाया कर दे

तेरी बेवफ़ाई लगता है भूल गया हूँ मैं
फिर से मोहब्बत का दिखावा कर दे

किसी के ख़यालों में इस क़दर बेख़याल हो जाना
मोहब्बत ऐसे करना कि एक मिसाल हो जाना

ये अँधेरा अब चराग़ों से नहीं मिटेगा
अबके अगर जलना तो मशाल हो जाना

ऐ बुत तेरी हस्ती ही क्या है इस दुनिया में
यहाँ आम बात है ख़ुदा पे सवाल हो जाना

ये शहर नहीं है इतनी तवज़्ज़ो के क़ाबिल
यहाँ का दस्तूर है बात बात पे बवाल हो जाना

वो ज़माना और था मोहब्बत ताउम्र होती थी
अब मुमकिन नहीं है ये कमाल हो जाना

तू मेरे साथ होता तो बेशकीमती होता
अलग होकर तूने अपनी कीमत कम लगाई है

चंद कागज़ के टुकड़ो में बेच दी तुने मेरी वफ़ा
मोहब्बत में तिज़ारत की क्या मिसाल बनाई है

माना की खतायें हुई होंगी मुझसे भी इश्क़ में बहुत
पर कौनसी रस्मे मोहब्बत है जो तूने निभाई है

मैं तो तेरी इबादत कर तुझे ख़ुदा ही बना देता
तूने सही वक़्त पे अपनी औकात दिखाई है

कहीं शमसार ना हो जाये ये मोहब्बत मेरी
तभी तेरी दगा मैंने बस इन लफ़्ज़ों में छुपाई है

पहले काँटों से अपने हाथ लहूलुहान तो कर लो
फिर जरूर एक गुलाब दिखाएँगे तुम्हें

गीता कुरान बाईबल से बाहर तो निकलो
फिर मोहब्बत की किताब दिखाएँगे तुम्हें

लगता है कई कई बरस के प्यासे हो
आओ साथ चलो तालाब दिखाएँगे तुम्हें

पूछते हो मोहब्बत में हमने क्या क्या लुटाया है
कभी फुर्सत में मिलना हिसाब दिखाएँगे तुम्हें

मेरे जुनून ए वतन पर उँगली मत उठाओ
वक्त आने दो इंकलाब दिखाएँगे तुम्हें

उनकी गलियों से तो मायूस ही लौटे होगे, आओ
अपनी गली में कुछ लाज़वाब दिखाएँगे तुम्हें

ऐसे क्या बताएँ कि इस दिल में क्या है
हमसे नजरें मिलाओ सैलाब दिखाएँगे तुम्हें

जब हुआ कहीं ज़िक्र उनका फ़साने और निकले
सोचा गर कोई लम्हा हमने ज़माने और निकले

हाथ से जाम छूटा हर कदम मयखाने और निकले
हमने दीवानगी छोड़ दी फिर दीवाने और निकले

रूठ गए जब हमसे अपने उन्हें मनाने और निकले
ज़िन्दगी मेरी फूट कर रोने लगी हंसाने और निकले

जुदा हुआ मेरा साया मुझसे मिलाने और निकले
दुनिया से हम हुए रुख़्सत तो जलाने और निकले

बिखरे मेरे अरमां कुछ इस क़दर हाल ऐ दिल बयां नहीं होता
हर मकां पर पहुँच कर जाना कि अपना कोई मकां नहीं होता

ख़ुदा या क्या तिलिस्म है तेरा अब तुझसे क्या कहूं मैं
उलझा हूँ इस तरह से इसमें की लगता है ख़ुदा नहीं होता

दर्द में रोता नहीं अब मैं पर ख़ुशी भी बर्दाश्त नहीं होती
ढूंढ़ता हूँ वो दरो दीवार जिस पर नाम उसका नहीं होता

बेवफ़ा मोहब्बत भी कभी रुसवा ना कर सकी मुझे
पता नहीं क्यों तेरी वफ़ा पर मुझे भरोसा नहीं होता

हर पल मेरे साथ है किसी साये की तरह वो फिर भी
मैं जितना तन्हा हूँ शायद इतना कोई तन्हा नहीं होता

रोना चाहता हूँ मगर आंसू नहीं निकलते मेरे
सबके दिन बदल गए न जाने क्यों नहीं बदलते मेरे

मोहब्बत का इज़हार सरेआम कर दिया मैंने
सब पिघल गए महबूब नहीं पिघलते मेरे

कितने लड़खड़ाते कदमों को संभाला मैंने
मगर कदम मुझसे नहीं सँभलते मेरे

दिल में तो सैलाब लिए बैठा हूँ मैं कई
उसकी बेवफ़ाई पर आंसू नहीं निकलते मेरे

मैं ही दीवाना था जो दिल्लगी कर बैठा
वो कभी रास्तों से भी नहीं गुज़रते मेरे

ज़माने से संजोया था एक ख़्वाब हमने
हकीक़त से टकरा कर चूर चूर हो गया

मयख़ाने में जाकर कभी जाम नहीं उठाये
साकी की नज़रों से पी कर ही सुरुर हो गया

बस एक बार तुम्हें देखने की तम्मना थी
तुम्हें पाना न जाने कब मेरा फ़ितूर हो गया

कल तक जो कहता था कि हमराज़ है मेरा
राज़दार बनते ही कितना मगरूर हो गया

ताउम्र बस नाम के पीछे भागता रहा वो
गुमनाम होना चाहता था तो मशहूर हो गया

जिसे मझधार में छोड़ तू किनारे पे आ गया
सोचा है उसने खुद को कैसे संभाला होगा

मुझे उसके नाख़ून नीले दिख रहे थे
उसने जो पिया ज़हर का प्याला होगा

कोई हर गली में तेरा पता पूछ रहा है
बाहर झांक देख तेरा चाहने वाला होगा

देखो की अँधेरा किस तरफ घना है
कुछ देर बाद उधर से ही उजाला होगा

इस बस्ती में जो घर थे वो तो जल गए
जो बचा है कोई मस्जिद या शिवाला होगा

ना पूछ मुझसे मेरे नाराज़ होने का सबब
तेरे इंतज़ार में हमने उम्र ऐ दराज़ काटी है

तू जब सोया था हसीं ख्वाबों में खोया था
हमने जाग कर हर काली स्याह रात काटी है

ज़रा भी गैरत है तो सुनने की कोशिश कर
ख़ामोश है लब मेरे पर दिल से आवाज़ आती है

गैरों की महफिलों में ऐसे तमाशा ना बना
अकेला मिल नज़रे मिला हमारा हिसाब ज़ाती है

अगर निभा नहीं सकती कभी उनको
समझ नहीं आता दुनिया कस्में क्यों खाती है

चेहरे की कालिख रात के अंधियारों में ढूंढते हैं
कुछ लोग मोहब्बत भी बाज़ारों में ढूंढते हैं

हम जब भी तेरे शहर में लौट आते हैं
तेरी कोई निशानी गलियारों में ढूंढते हैं

कोई अपने अंदर झांकता ही नहीं आजकल
लोग ख़ुद को अख़बारों में ढूंढते हैं

जो जमीं पर अभी चलना भी नहीं सीखे
वो अपना नसीब सितारों में ढूंढते हैं

हमारा कारोबार खोई मोहब्बत को पाने का है
हम रोज़ अपनी अनारकली दीवारों में ढूंढते हैं

दिल में आरज़ू लिए तैर कर दरिया पार करने की
कागज़ी कश्तियाँ लिए गहराई किनारों में ढूंढते हैं

उसे भूल जा वो तेरे हिस्से कि मोहब्बत थी ही नहीं
ज़रा नज़र उठा के देख तेरे साथ चलने वाले को

उसने तुझे सीने में ग़म के सिवा क्या दिया
थोड़ी तवज़्ज़ो दे तेरे ग़मो को हंसी में बदलने वाले को

वो कभी था ही नहीं उसका क्यों इंतज़ार है फिर
अपनी ज़िन्दगी का तोहफ़ा दे तुझ पे मरने वाले को

तेरी बेरुखी कहीं ग़मज़दा ना करदे, रुसवा ना कर दे
अपनी हर दुआ में तेरे लिए दुआ करने वाले को

तेरे सपनो को वो अपना बना के सजा ना दे तो कहना
एक मौका तो दे उनमें रंग भरने वाले को

जल के खाक तो हो गया तू किसी और के लिए
अब सीने से लगा ले तेरे लिए जलने वाले को

अब और इंतज़ार नहीं होता मुझसे
एक बार तो मिलने आ जाओ तुम

अधर हैं सूखे नज़र है प्यासी
इन पर प्यार बरसाओ तुम

बाग़ है उजड़ा फूल हैं मुरझे
इन फूलों को महकाओ तुम

बादल बरसे. धरा है भीगी
अब इतना ना तरसाओ तुम

अलविदा जहाँ को मैं ना कहदूँ
चंद साँसे ही दे जाओ तुम

अब तक अधूरी हमारी कहानी
इसे पूरा अब कर जाओ तुम

जिसके हाथों में भी खुशबू थी
वो इत्र बाज़ारों में ख़रीद रही है

गुरुर इस बात का है, जिसके मुरीद
लाखों थे वो बस मेरी मुरीद रही है

कम है हमारी मोहब्बत की निशानियां
मगर जितनी भी हैं सब फ़रीद रहीं हैं

उसके अश्क़ मेरे होठों पर धुआं हो गए
रात आग पानी के बहुत करीब रही है

प्यार में मुझे धोखा मिला फिर तुम मिली
किस्मत मेरी बहुत खुशनसीब रही है

इस दौर में इतने सालों तक चल गई
मोहब्बत हमारी बड़ी अजीब रही है

किसी बुरे दौर से जैसे तेरा मेरा याराना गुज़रा है
दो दिन तेरे बिना यूँ गुज़रे जैसे एक ज़माना गुज़रा है

आंसू आँखों में बस ही गए हैं कि दिल इतना रोया है
मेरे ख़्वाबों की दुनिया से दर्द भरा एक फ़साना गुज़रा है

देख तेरे और मेरे दुश्मन जो चाहते थे वही हो गया
तलवार की धार पर चल कर ये दोस्ताना गुज़रा है

जबसे आ गए हो तुम मेरी ज़िन्दगी में वापस ऐ दोस्त
सब नज़ारे हसीं हो गए हर लम्हा शायराना गुज़रा है

रात भर से हैं बैठे इंतज़ार में
चाँद ज़ालिम है छुप कर निकलता नहीं

कितनी कलियाँ हैं जो फूल बन खिल गयीं
दिल तुम्हारा ये क्यों मचलता नहीं

मुझे देख पत्थर भी मोम हो गए
बस महबूब मेरा पिघलता नहीं

ये तो नादान है बस सोचता है तुम्हें
इस दिल पे मेरा ज़ोर चलता नहीं

लिख दिया है ये उसने के तुम हो मेरी
उसका लिखा मेरी जां बदलता नहीं

ज़िन्दगी कितनी हसीं हैं पता है तुम्हें
किसी को अपना हमसफ़र बनाया तो करो

नशा ही नशा है हर तरफ जहाँ में
मयख़ाने में जाकर जाम उठाया तो करो

गुलशन में तो खिल जाते हैं गुल हज़ारों
सहराओं में कुछ फूल खिलाया तो करो

आँखों में सैलाब तो कोई भी ला देता है
दर्द में थोड़ा मुस्कुराया तो करो

परिंदो पर जाल तो बहुत बिछाते हैं
कुछ परिंदों को तुम छुड़वाया तो करो

कौन कहता है कि ग़रीब हो तुम
ख़्वाबों में चंद महल बनाया तो करो

मंज़िलें कहते हो मिलती ही नहीं तुम्हें
कभी अन्जान रास्तों पे जाया तो करो

अगर आरज़ू है मोतियों को पाने की
गहरे पानी में डुबकी लगाया तो करो

मोहब्बत में ग़म मिलते हैं माना हज़ारों
मज़ा इन ग़मों का उठाया तो करो

चाहने वाले तुम्हें भी लाखों मिल जाएंगे
दिल अपना खोल के दिखाया तो करो

कब्र से उठकर आ जाते हैं आने वाले
प्यार से कभी तुम बुलाया तो करो

पत्थरों को भी मोम होते देर नहीं लगती
चंद लम्हे पत्थरों में बिताया तो करो

रात के अंधेरों में मायूस क्यों बैठे हो
इन अंधेरों में चिराग जलाया तो करो

मायूस क्यों होते हो दिल के टूट जाने पर
उसके टुकड़ों से घर को सजाया तो करो

हालात के मद्देनज़र कब तक ढलते रहोगे
इस दबी आवाज़ को कभी उठाया तो करो

अपने बाप की दौलत पे ऐंठने वालों
मेहनत कर के कुछ कमाया तो करो

मज़ारों पे चिरागों को जलाने वालों
किसी अँधेरी ज़िन्दगी को रोशनाया तो करो

आइनों को बेवफा बताने वालों
अपने चेहरे से नक़ाबों को हटाया तो करो

कोरी बातें तो सब कर देतें हैं
कभी कुछ करके दिखाया तो करो

इसी बहाने से याद रख लेंगे तुम्हें
कभी कभी रास्ते में मिल जाया तो करो

और चंद शेर लिखे हैं तुम्हारे ज़ानिब
थोड़ा वक़्त निकाल सुन जाया तो करो

तेरे क़दमों के निशानों पर चलते होंगे बेवफ़ा
मेरी राह अलग है मैंने इश्क़ में वफ़ा की है

किस बात का गुरुर है तुझे ऐ मेरे क़ातिल
गुनहगार है तू तूने मेरी ज़िन्दगी तबाह की है

जो मुझसे लूटा है उसे अपना हक़ ना समझ
तेरे दिल की गरीबी की मैनें कीमत अदा की है

और क्या कहता है तू मिसाल है औरों के लिए
तेरा वहम है हक़ीक़त में बेहिसाब तूने ख़ता की है

मुझको गलत खुद को सही बताने वाले, न इतरा
मैनें चुप रह कर रस्मे मोहब्बत अदा की है

जिस दिन इन्साफ करेगा वो पता लगेगा तुझे
दो कोड़ी की है तूने अपनी औकात नहीं पता की है

अन्जान रास्तों पर बहुत दूर निकल आया हूँ
थक गया हूँ अब वापस घर जाने का मन करता है

बहुत वक़्त गुज़र गया बस ख़्वाब देखते देखते
अब कुछ कर गुज़र जाने का मन करता है

अंधेरों का रंग बहुत गहरा चढ़ गया है चेहरे पर
रोशनी में नहाकर निखर जाने का मन करता है

जिन गलियों को छोड़ आया था बरसों पहले
किसी से मिलने फिर उधर जाने का मन करता है

दम घुटता है मेरा अब इन ज़हरीली हवाओं में
शायद इसीलिए अब मर जाने का मन करता है

काश कोई कहीं से ढूंढ लाये मुझको
मैनें खुद को नहीं देखा है ज़मानों से

इतने जाम पीकर भी मैं होश में रहता हूँ
बस यही शिकायत है मुझे मयखानों से

ना जाने इस शहर में अब कौन रहता है
घर तो कब का चला गया है मकानों से

जब कोठरी हो गई है ज़िन्दगी मेरी
डर सा लगता है मुझे खुले मैदानों से

चंद लम्हें सुकून के खरीद नहीं सकते ये
कहदो तिजोरियों में रखे अपने ख़ज़ानों से

सोचता हूँ अब बेवफा कह भी दूँ तुझको
कि तंग इतना आ गया हूँ तेरे बहानों से

मुमकिन है हमारी मोहब्बत का कोई अंजाम ना हो
शायद इस रिश्ते का कभी कोई नाम ना हो

दिल से दिल की लगी को रही ये परवाह अगर
फिर तो कभी कोई राधा कभी कोई श्याम ना हो

दर्द ऐ दिल तो हमें युहीं किसी के इश्क़ में मिल गया
वर्ना कौन कम्बख़्त चाहता है कि दिल को आराम ना हो

तेरे लिखे ख़त मैनें कई तालों में बंद कर रखें हैं
दाग़ तेरे दामन पर नहीं होगा बेवजह परेशान ना हो

मेरी बहुत पुरानी दोस्ती है इस चाँद से इन सितारों से
बस मेरा अरमान यही है कि तेरी नींद हराम ना हो

बमुश्किल ही गुज़रूंगा में तेरे शहर से फिर कभी
कोशिश करना तुम्हारे ज़हन में मेरा नाम ना हो

उसका ज़िक्र अब किसी महफ़िल में नहीं करते हम
डर लगता है कहीं मेरी वजह से वो बदनाम ना हो

इश्क़ तो कर लिया है तुमने मेरी जां
मगर ये आसां ना होगा

दर्द ऐ दिल मयस्सर होगा इसमें इतना
कि तुमसे बयां ना होगा

मंजिलें मिलती रहेंगीं मगर
अपना कोई मकां ना होगा

जागते ही रहोगे रातो को उम्र भर
नींद का कहीं कोई ठीकां ना होगा

भीड़ में भी तन्हा हो जाओगे इस कदर
कि तुमसे कोई तन्हा ना होगा

ख़ाक में मिल जाएगी हस्ती तुम्हारी
कहीं कोई नामों निशां ना होगा

मिलते नहीं जो अंधेरों में उजाला कर दें
बहुत मिल जाएंगें सूरज को चिराग दिखाने वाले

मिलते नहीं जो उजड़े बाग़ में चंद फूल लगादें
बहुत मिल जाएंगें गुलशन-ऐ-गुलज़ार सजाने वाले

मिलते नहीं जो औरों के लिए आंसू बहा दें
बहुत मिल जाएंगें औरों को रुलाने वाले

मिलते नहीं जो बस कुछ कर गुज़र जाएं
बहुत मिल जाएंगें बस बातें बनाने वाले

मिलते नहीं वो दोस्त जो मुफलिसी में साथ दें
बहुत मिल जाएंगें अमीरी में साथ निभाने वाले

मिलते नहीं जो महबूब की कब्र से लिपट कर रोयें
बहुत मिल जाएंगें कब्रों पर चादर चढ़ाने वाले

नहीं मिलते जो बेशर्त मोहब्बत करें ताउम्र
बहुत मिल जाएंगें यूँ तो चाहने वाले

वफ़ा के बदले क्यों वफ़ा नहीं मिलती
इस ज़ख़्मी दिल को कहीं पनाह नहीं मिलती

ग़म-ऐ-ज़िन्दगी का बोझ लिए भटकता हूँ दर बदर
चंद पल बिताने को कोई आरामगाह नहीं मिलती

तूफानों में चंद सांसों के लिए हवा नहीं मिलती
इस पीड़ की मुझे कोई भी दवा नहीं मिलती

कितने इलज़ाम लगा गया वो मुझपे देखो
मगर मुझे मेरी कोई भी ख़ता नहीं मिलती

उसकी हस्ती सवार दूँ में ख़ाक में मिलकर
मुझे अब ज़िंदा रहने की कोई वजह नहीं मिलती

कोई शख़्स तेरे दर पर आकर चला गया
अपनी दुनिया को लुटा कर चला गया

ना जाने क्यों नहीं भीगा तेरा आंचल
वो आंसुओं के सैलाब बहा कर चला गया

मायूसी और दर्द को सीने में दबाकर चला गया
अपनी मय्यत अपने ही कंधे पे उठाकर चला गया

ना जाने क्यों तेरे पत्थर दिल पे टिस न हुई
तेरे पत्थर दिल को खुदा बना कर चला गया

गुमनाम हो गया वो जिसकी हस्ती मशहूर थी
तेरी हस्ती को मगर अर्श पर पहुंचाकर चला गया

एक टीस सी इन सवेरों में है
कहाँ ज़िन्दगी इन बसेरों में है

रोशनी की अब उम्मीद ना कर
आफ़ताब खुद अंधेरों में है

सुना है शहंशाह का चमचा
शहर के चंद कुबेरों में है

वो भूखा है और नंगा भी
वही घर के कमेरों में है

जो जंग छोड़ कल भाग गया
वो देखो अब ज़ुबेरों में है

इसको ही नेता चुना जाएगा
इसका नाम नामी लुटेरों में है

तुम उधर से चले जाओ ये उनका इलाका है
इधर से गुज़रने पे कोई जंग ना हो जाये

बेहतर होगा अपना लिबाज़ बेरंग ही रखो
किसी कत्लेआम की वजह कोई रंग ना हो जाये

चुनाव है और गीदड़ों का झुण्ड उनकी ताक में है
देखो कहीं भेड़ों की एकता भंग ना हो जाये

ज़ख्म जितने पुराने है वही बहुत गहरे हैं दोस्तों
जो हम पर बीती है हमारे बच्चों के संग ना हो जाये

दिल से दिल वाली गली अभी अभी तो खुली है
ये गली फिर से कहीं बंद ना हो जाये

जुड़े रहो चाहे डोर कितनी भी कच्ची क्यों न हो
कहीं टूट के ज़िन्दगी कटी पतंग ना हो जाये

ज़ेरे साया था मेरी रूह का जो चंद रोज़ पहले
जबसे कुछ बन गया है मुझसे जुदा रहता है

क्या ये वही ज़िंदा दिल शहर है मेरे दोस्तों
यहाँ तो हर शख़्स ख़ौफ़ज़दा घरों में छुपा रहता है

फ़लक के ये सितारे इस बात के गवाह हैं
कोई मोहब्बत का मारा रातों में जगा रहता है

दुआ मांगनी है मस्जिद की सलामती की
कोई ये बता दे कि कहाँ अब ख़ुदा रहता है

कितनो की प्यास बुझाता रहा जो अब तक
अक्सर अब सूखा वो बूढ़ा कुआँ रहता है

अब इस शहर में कोई इंसां नहीं रहता
चलो कहीं और घर बसाया जाये

जाकर इत्तला कर दो ख़बरों के दलालों को
अब झूठ को सच बताकर न दिखाया जाये

बहुत जंग लग गई है इन शमशीरों को
वक़्त है अब इनको पत्थरों पे घिसाया जाये

वो देखो एक पुरानी हवेली की टूटी ईंटें पड़ीं हैं
इनको जोड़ कर कोई घरौंदा बनाया जाये

ज़िन्दगी से न शिकवा न कोई ख्वाइश है मुझे
बस मेरी मज़ार को उसकी तस्वीरों से सजाया जाये

तुम कभी बेवफ़ाई ना करती शायद
गर मैं इतनी तेरी परवाह ना करता

मोहब्बत मेरी हो जाती मुकम्मल
अगर मैं तुझसे बेपनाह ना करता

धोखे से तूने क्यों किया मेरा क़त्ल
जान ही मांग लेती मैं ना ना करता

मालूम होता मुझे की क्या हो तुम
मैं तेरे पीछे ज़िन्दगी तबाह ना करता

दिल तोड़ा क्यों निकाल ले जाती
सच कहता हूँ ज़रा आह ना करता

तेरे हाथों में मेरी कोई तो लकीर है
मेरे बटुए में अब भी तेरी एक तस्वीर है

चाहता हूँ आज़ाद करा लूँ खुद को इससे
कम्बख़्त टूटती नहीं शायद तेरी ज़ंजीर है

मुझे दूर ही रख नहीं तो ख़ाक हो जाएगा
तू काग़ज़ के फूल सा मेरी आग सी तासीर है

मैंने दिल निकाल तेरे कदमों में रख दिया
मान न मान बड़ी आला तेरी तक़दीर है

हमारी अमीरी तो लोगों मोहब्बत है बस
हम तो कल भी फ़क़ीर थे अब भी फ़क़ीर है

ख़ुदा का करम है इतना भी ना इतरा
मेरी शायरी पे हंसने वाले तू कौनसा "मीर" है

उसके दर से ख़ाली झोली लेकर कोई नहीं लौटा
वो मुफ़लिसी में है मगर दिल का अमीर है

ना ये कर ना वो कर ना बोल ना वो बोल
इतनी बंदिशें हैं इसमें ये कैसी तहरीर है

जो शराब की बुराई हर महफ़िल में करता है
शाम को जाम शराब के ही भरता है

कहते हैं शराब ने लाखों बर्बाद किये हैं
हम तो बर्बाद ही हैं बर्बादी से कौन डरता है

ख़ुद को तबाह कर ये मेरा ग़म बांट लेती है
किसी के लिए ख़ुद को तबाह कौन करता है

चंद शराब की बोतलें मेरी कब्र पे रख देना
ये नैमत मिलती रहे तो मरने से कौन डरता है

जिसके साथ ज़िन्दगी का ख़्वाब था बेवफ़ा थी
इसने ही संभाला तभी वो शराब पे मरता है

ख़रीद लो इनका ईमान बिकाऊ है
ये बदले में बस शराब मांगेंगे

इनको अंधेरों में ही कैद रहने दो
चिराग देख ये आफ़ताब मांगेंगे

धर्म और जात के नाम पे लड़वाते रहो
नहीं तो ये हमसे हिसाब मांगेंगे

मासूमों के हाथों को जला डालो
वो हाथ नहीं तो किताब मांगेंगे

इनको कांटों में उलझा कर रखो
ये मेरी जेब पे लगे गुलाब मांगेंगे

शैतानों का हुक्म बजाना छोड़ दो
देश के ख़िलाफ़ नारे लगाना छोड़ दो

बहुत ज़ख़्मी है हिंदुस्तान की रूह
इसे अब और सताना छोड़ दो

अगर महान नहीं बना सकते हो इसे
तो मेरे वतन को निचा दिखाना छोड़ दो

आंसू तुम्हे सैलाब बन बहा ले जाएंगे
मशविरा है तुम इसे रुलाना छोड़ दो

अगर जंग है तो जंग है देश की ख़ातिर
तुम दुश्मनों को दोस्त बताना छोड़ दो

वतन के ख़िलाफ़ अब सहन नहीं होता
आस्तीन के सांपों ज़हर फैलाना छोड़ दो

राह में हमसफ़र देखे जाते हैं राह के पत्थर नहीं देखे जाते
अलविदा इस बस्ती को कि टूटे दिलों के खंडहर नहीं देखे जाते

उस दरबार में जाकर क्या करेगा वहां कोई आलमपनाह नहीं
वहां अब मस्तियाँ देखीं जाती हैं मस्त कलंदर नहीं देखे जाते

अगर ये ग़म-ऐ-इश्क़ नहीं रास आता मुझे भुलाता क्यों नहीं
मुझसे तेरी आँखों में ये अश्क़ों के समंदर नहीं देखे जाते

ज़माना तेरी काबिलियत पर शक करे भी तो क्या है
उमीदों की उड़ान में हौसला देखा जाता है पर नहीं देखे जाते

मेरा सीना छलनी है उसकी कातिल नज़रों के वार से
वो इतना बेपरवाह है कि उससे अपने तीरे नज़र नहीं देखे जाते

मुददतों के बाद वो शराब उसी जाम को मिलेगी
उसके हवाले से खबर है वो कल शाम को मिलेगी

अपनी मोहब्बत में जुनून को हमेशा अव्वल रखना
ये वो शय है जो जुनूनियत से ही अंजाम को मिलेगी

नेकी का दौर नहीं ना सच्चाई की कोई कीमत है
इसमें इज़्ज़त और शोहरत बस हराम को मिलेगी

यारों की महफ़िल है क्यों खाली जाम लिए बैठे हो
दिलवालों का मयक़दा है मय हर जाम को मिलेगी

कई बरस से वो खत उसकी दहलीज़ पर पड़ा था
दरवाज़ा खुला शायद वो नज़र उस पैग़ाम को मिलेगी

तेरी चौखट पे रख कर आया हूँ मैं दिल
उसे ठोकर मार कर ये किस्सा मुकम्मल कर दे

तेरे महल तेरे तख्तो ताज तुझे मुबारक
मुझे इनसे आज़ाद कर मेरे रास्तों में पैदल कर दे

तंग आ गया हूँ मैं इस फ़रेबी समझदार ज़िन्दगी से
मैं पागल ही अच्छा था फिर से पागल कर दे

रोज़ रोज़ थोड़ा थोड़ा करके मत मार मुझे
गुज़ारिश यही है कि मुझे एक बार में क़त्ल कर दे

मैं तुझसे बहुत ज्यादा नहीं मांगता ऐ ज़िन्दगी
मेरे चंद सवालात हैं उन्हीं का हल कर दे

रहने दो इस आसमान को मेरे सर के ऊपर
ये भी चला गया तो हम बेघर हो जाएंगे

एक बार मेरी तरफ मुस्कुरा के देख तो सही
तेरी हर तरफ़ हसीन मंज़र हो जायेंगे

मेरी पलकों को छू ले आज फिर से ज़रा
तेरे नाम अश्क़ों के समंदर हो जायेंगे

बूढ़े माँ बाप को बुलाकर अपने साथ रख
ये पत्थरों के मकान भी घर हो जाएंगे

उस मंदिर में जाकर कभी दिए तो जला
वर्ना वहां भगवान अँधेरे में पत्थर हो जाएंगे

रास्तों में सबको दुआ सलाम करता चल
फिर देख यादगार सब सफ़र हो जायेंगे

वो झोपड़ों से महलों में चला गया है
अब औरों को भी ऊपरी कमाई चाहिए

वो तमाम लोग ज़हन से खोखले हैं
उनकी नए सिरे से बनवाई चाहिए

महफ़िल में जो भी है खुद तो झूठा है
फिर क्यों मेरे शेरों में सच्चाई चाहिए

मेरी नेकी से ऊब चुकी है ये दुनिया
मेरे बर्ताव में अब थोड़ी बुराई चाहिए

कमज़र्फों को कमज़र्फ सरेआम कहता हूँ
इस हिम्मत पर मुझे आपकी बधाई चाहिए

अब क्या सिर्फ लू ही चलती रहेगी या ख़ुदा
एक बार फिर से चलनी पुरवाई चाहिए

मैं इतनी ऊंचाई से दिखाई नहीं देता
वहां से नीचे उतर के आ

मेरा दिल तो साफ़ ही है दोस्त
तू अपनी नियत साफ़ कर के आ

शराब तो गिलासों में भरी ही जाएगी
बस तू ग़म दिल में भर के आ

तेरी सदायें युहीं ख़ाली लौटेंगी
नंगे पैर कभी खुदा के दर पे आ

कब तक अनजान रास्तों में मिलेगा
साथ बैठेंगे कुछ देर, कभी घर पे आ

तेरा ही चर्चा चला रखा है महफ़िल में
अबके तो थोड़ा सज संवर के आ

मुझसे रोज़ मेरी जान मांगने वाले
एक बार तू भी थोड़ा मर के आ

बहुत हो गई इधर उधर की बातें
अब छोड़ इनको, खास ख़बर पे आ

मुझे नज़र आती है तेरी रूह की कालिख
मेरे सामने चेहरे की नुमाइश ना कर

जो भी था मेरे पास वो लुटा तो दिया
अब और कोई फ़रमाइश ना कर

मैं तेरा गुज़रा वक़्त हूँ जो चला गया
मुझे वापस लाने की ख़्वाहिश ना कर

कुछ गुल जाकर सहराओं में भी लगा
सिर्फ जिस्म की इराइश ना कर

ये शहर जलकर खंडहर हो गया है
और कत्लेआम की साज़िश ना कर

रोज़ नये ख़्वाब देखो नहीं तो आँखों में जाले लग जाएंगे
एक चिराग हथेली पे रख तेरी राहों में उजाले लग जाएंगे

शहर में कोई मयकदा हो जहाँ आँखों से पिलाई जाये
बहुत हैं इस शौक वाले कतारों में प्याले लग जाएंगे

याद रख कि मुझसे ही ज़ीनत है तेरी महफ़िल की
मैं अगर चला गया तो यक़ीनन इनपे ताले लग जाएंगे

जब तक गुमनामी में रहेगा तो चैन और सुकून होगा
मशहूर अगर हो गया तो पीछे दुनिया वाले लग जायेंगे

दरो दीवार तेरे रंगो में रंगवा दिए हैं मैंने दिल के
चैन और सुकूं तेरी याद में गवां दिए हैं मैंने दिल के

कभी तो तेरी नज़र की इनायत होगी ये सोचकर
तेरे रास्तों में टुकड़े बिछा दिए हैं मैंने दिल के

तेरी मर्ज़ी है जिस भी रास्ते से चले आना
हर तरफ़ के दरवाज़े खुलवा दिए हैं मैंने दिल के

जिस भी कोने में तुम बसर करोगे घर सा लगेगा
कमरे हूबहू तेरे जैसे बनवा दिए हैं मैंने दिल के

कोई भी ग़म तुझे कभी छू ना सके ये सोचकर
सारे ग़म निकलवा दिए हैं मैंने दिल के

कभी उठी कभी झुकी वो नज़र इश्क़ में
मेरी रूह को कर दिया तर ब तर इश्क़ में

एक बार छू कर मुझे पिघला दे
हो गया हूँ मैं पत्थर इश्क़ में

मुझे मेरे होने का एहसास करवा
मुझे अपनी नहीं है ख़बर इश्क़ में

मेरे मर्ज़ का कुछ इलाज बता
करती नहीं कोई दवा असर इश्क़ में

अब तो आकर मिल जाओ मुझसे
बहुत हो गया ये हिजर इश्क़ में

गुलों को छूती हवा चली
मेरे आंगन में भी खुशबू आई

उलझनों से निकल कर ज़िन्दगी
करने मुझसे गुफ़्तगू आई

रेगिस्तान में एक अंकुर फूटा
दिल में जीने की आरज़ू आई

रात चंद हसीन ख़्वाब आये
सब ख़्वाबों में बस तू आई

कागज़ पर मैंने जब रंग बिखेरे
बनकर तेरी तस्वीर हूबहू आई

वो मेरे शहर का मालूम होता है
उसकी बातों से सच की बू आई

हर किसी को कुछ न कुछ बना देती है मोहब्बत
देख तुझे बेवफ़ा और मुझे शायर बना दिया

सोचा था कि आज जाम नहीं उठाएंगे
फिर किसी ने तेरा नाम याद दिला दिया

ख़बर मिली वो फिर मेरे शहर से गुज़रेगा
हर गली को उसकी तस्वीरों से सजा दिया

जमीं आसमान चाँद तारे हवा पानी और तुम
हैरत है ख़ुदा ने क्या क्या बना दिया

कितना गुरुर था उसे अपनी शहनशाही पर
एक फ़क़ीर ने उसका तख्तो ताज हिला दिया

तुम ना आये यूहीं और एक रात गुज़र गयी
होठों तक आये बिना ही हर बात गुज़र गयी

सोचा था जी भर कर देखेंगे उसे इस दफ़ा
पर ना जाने कब ये मुलाकात गुज़र गयी

मेरे घर का रोशन एक चराग देख कर
गली से तारों की कोई बारात गुज़र गयी

एक बार उसने नज़र उठा के क्या देखा
मेरे सामने से सारी कायनात गुज़र गयी

बरसों तक महकता रहूंगा मैं यक़ीनन
मुझे छूकर वो जान-ऐ-हयात गुज़र गयी

कोई दीवाना पत्थर खाता है मोहब्बत में
कोई दरिया में डूब जाता है मोहब्बत में

टूटे दिल का ग़म तो बहुत है मगर
सुकून भी बहुत आता है मोहब्बत में

कितने घर जला दिए जंग में उसने
वो शहंशाह ताज बनता है मोहब्बत में

तन्हा रातें, ग़म-ऐ-जुदाई, हद-ऐ -इंतज़ार
क्या क्या हो जाता है मोहब्बत में

किताबों में तस्वीरें दराज़ों में ख़त
महबूब क्या क्या छुपाता है मोहब्बत में

निभाती नहीं हैं पर वायदे हज़ार करती हैं
ये तितलियाँ ही फूलों को बीमार करती हैं

दिल के लहू से तेरे होठों को लाली दूंगा
एक बार अगर तू कह दे कि प्यार करती है

तेरी ख़ातिर मौत भी मंज़ूर होगी मुझे
गर साथ जीने मरने का करार करती है

अपनी कीमत बता मैं अभी अदा करता हूँ
क्यों खुद को नीलाम सरे बाज़ार करती है

ये ले खंजर और दिल निकाल सीने से मेरा
ये क्या नज़रों से कत्ल बार बार करती है

ये कौन से शहंशाह की फ़ौज है यारों
अमीरी के जुर्म में गरीबों को गिरफ्तार करती है

मेरी गली में कासा लेकर घूमता था
जो अब दौलत के नशे में चूर रहता है

आसमान भी कहीं जमीं से मिलता है
ऊँचा उड़ने वाले क्यों मगरूर रहता है

ज़माने गुज़र गए हमें मयकदे गये हुए
बरसों पहले पी थी जिसका सुरूर रहता है

माना तेरे मकान में ऐशो आराम बहुत है
मेरे घर में मगर ख़ुदा का नूर रहता है

ये कैसी तेरी इंसाफ़गाह है मेरे ख़ुदा
मेरा क़ातिल हर दफ़ा बेकुसूर रहता है

तेरे शहर ने सीखा दी ये तमाम तरकीबें
बहुत मासूम था वो जब गांव से आया था

चंद लम्हों में उजाड़ गया जिसे तूफ़ान
बरसों की मेहनत से वो आंगन सजाया था

चांद, तारों पर उसे भरोसा नहीं था
तभी अंधेरों में एक चिराग जलाया था

नज़र के सामने से तो तुम नहीं गुज़रे
सीने में युहीं दिल ने शोर मचाया था

ये खंडहर जाना पहचाना सा लगता है
कुछ रोज़ पहले किसी ने महल बताया था

इस रास्ते में ही गुम रहे हम उम्र भर
जाने किसने हमें ये रास्ता दिखाया था

ये बस्ती इतनी वीरान क्यों हो गई है
यहाँ भी क्या कोई पुलिस वाला आया था

अब क़ब्र पर फूलों की चादर चढ़ाने आया
ये वही है जिससे हमने कफ़न मंगवाया था

सारे शहर में उसी का चर्चा है दोस्त
जिसने अपना नाम गुमनाम बताया था

53

आँखों में जो मंज़र आये
सब लाजवाब आये

रात हमें नींद न आई
बस तेरे ही ख़्वाब आये

शाम ढले वो छत पर आई
संग उसके माहताब आये

जब प्यार का मौसम आया
लिफाफों में गुलाब आये

तेरा चेहरा नज़र न आया
मेरे सामने हिज़ाब आये

जब दौलत का बटवारा हो
मेरे हिस्से में किताब आये

तेरा मशहूर होना मेरा गुमनाम होना
मुकद्दर की बात है

लूट गया मैं गुरुर है इश्क़ में नीलाम होना
मुकद्दर की बात है

उसके शहर की हर गली में मेरा बदनाम होना
मुकद्दर की बात है

तेरे पहलू में ज़िन्दगी की शाम होना
मुकद्दर की बात है

तेरा बहुत ख़ास होना मेरा बहुत आम होना
मुकद्दर की बात है

क़दमों की धूल का उड़कर आसमान होना
मुकद्दर की बात है

मर्ज़े इश्क़ में किसी दवा से आराम होना
मुकद्दर की बात है

कल शाम वो मुझे छूकर सुलगा गया
मैं ताक पे रखे चिराग सा जलता रहा

वो मोम सा था तपिश से पिघल गया
मेरी कारीगरी वो हसीं मूरत में ढलता रहा

कोई मुझसे पूछे जीने का हुनर क्या है
वक़्त भी बदलता रहा मैं भी बदलता रहा

यूंही कट गया ये सफ़र-ऐ-उम्र बस
वो मुझे रोकती रही और मैं चलता रहा

मेरे बर्दाश्त करने की हद भी हद थी
मैं मुस्कुराता रहा जब लहू उबलता रहा

उलझा हूँ मैं इस कदर ज़िन्दगी से
राहत नहीं है मुझे अब कहीं पे

आंसुओं से कोई रिश्ता बन गया है
जो भी था सब जैसे छिन गया है

रास्ते ये जाने किधर ले जा रहें हैं
सपने बिखरते नज़र आ रहें हैं

बोझल सी पलकें रुकती सी सांसें
कुछ नहीं है पाना फिर भी तलाशें

तुझको भुलाना भी आसां नहीं है
यूँ जीते जाना भी आसां नहीं है

चाहता हूँ जाना किसी नई डगर पे
तू मगर ना मिलना इस सफ़र पे

ये तलवारें बस मासूमों का लहू बहा सकतीं हैं
तू जंगबाज़ है तो कलम को हथियार करके दिखा

ये भीड़ तमाशाइयों की है कदरदानों की नहीं
इनके सामने तो तमाशा ही यार करके दिखा

तेरा हुनर तूने तूफ़ानों से खेलना बताया था
ले कश्ती इसे तूफ़ानों से पार करके दिखा

तेरे दोस्त होने का मुझे कोई सबूत तो दे
इस ख़ंजर से मेरी पीठ पे वार करके दिखा

बेकसूरों को क्या सलाख़ों पीछे डालता है
शहंशाह है तो गुनहगारों को गिरफ्तार करके दिखा

तेरी ख़ुदाई पर फिर सवाल उठने लगे हैं देख
तू ख़ुदा अगर है तो कोई चमत्कार करके दिखा

इन फसलों को धूप से कौन बचाएगा
खेतों में कोई भी शज़र ना रहा

झरोखा अक्सर बंद ही रहता है मेरा
अब गली में किसी चांद का घर ना रहा

मुशायरा हो तो कैसे हो अब यहाँ
कि इस शहर में कोई शायर ना रहा

फ़कीरों ने दुआएं करना छोड़ दिया है
अब इन ताबीज़ों में वो असर ना रहा

मोहब्बत तो तुझसे आज भी बेपनाह है
पहले सा मुझमें पागलपन मगर ना रहा

जब से वो शख़्स यहाँ से चला गया है
बस ये शहर अब शहर ना रहा

युहीं चले जा रहे हैं हम इन रास्तों पर
यारों अब मज़ेदार ये सफ़र ना रहा

ज़िन्दगी कहाँ लेकर आ गयी है मुझे
कि मैं इधर ना रहा मैं उधर ना रहा

जिसने जवां दरियाओं को पनाह दी
अब वो बूढ़ा समंदर ना रहा

इन कश्तियों की पतवार हमें दे दो
हम इसी समंदर के पाले हुए हैं

हाथों से लिखतें हैं जो अपनी तकदीरें
ये सिक्के उन्हीं के तो उछाले हुए हैं

अमावस की रात में ये चांदनी कैसी
लगता है तेरे रूप के उजाले हुए हैं

कल शाम उससे नज़रें जो मिल गयीं
बमुश्किल हम खुद को संभाले हुए हैं

कोई भी पीऊं मेरा मरना तो तय है
ज़हर से भरे ये सब प्याले हुए हैं

मेरे आवारा होने का सबब यही है
हम अपने ही घर से निकाले हुए हैं

इन हाथों ने हथेलियों पर चिराग रखे थे
ये हाथ जल जल कर काले हुए हैं

हवा पानी जमीं और आसमान तेरे थे
ले अब हम भी तेरे हवाले हुए हैं

इन आँखों से कोई अश्क़ न छलका
शायद तभी इनमें ये में जाले हुए हैं

तेरे आंगन से होकर आती होगी ज़रूर
ये हवा जो रोज़ मुझे छूकर बेहाल करती है

मुझे जवाब देने से डर नहीं लगता मगर
ज़िन्दगी बड़े मुश्किल सवाल सवाल करती है

रोज़ शाम को गली में मजमा लगता है
कोई मोहब्बत की मारी बवाल करती है

अपनों से बैर और बेगानों से मोहब्बत
ये दुनिया भी साहब बस कमाल करती है

वो यूहीं ख़ूबसूरत थोड़े ही लगती है
मेरे लहू की लाली इस्तेमाल करती है

लोग कहते हैं मैं खोया खोया सा रहता हूँ
तेरी याद मुझे हर लम्हा बेख़्याल करती है

दर्द, बेबसी, तन्हाई, अश्क़ और इंतज़ार
मोहब्बत भी आशिक़ों का क्या हाल करती है

वो मुफलिसी में है मगर हाथ नहीं फ़ैलता
उसकी खुद्दारी है जो उसे बेमिसाल करती है

आज कल वो बहुत थका थका सा रहता है
ज़िम्मेदारी के बोझ तले दबा सा रहता है

इसी उम्मीद में की कोई खऱीदार मिले
हर रोज़ बाजार में खड़ा रहता है

अपने भूखे बच्चों का पेट भर सके
इसीलिए अक्सर वो बाप भूखा रहता है

पूछती है नन्हीं बिटिया कि क्या लाये हो
नज़रें नहीं मिला पाता सर झुका रहता है

कल का दिन कैसे कटेगा क्या होगा
इस चिंता में रातों को वो जगा रहता है

उसकी रहमत भी सिक्कों की मोहताज है
ग़रीब के घर में अब कहाँ ख़ुदा रहता है

सूखा पड़ा था चलो बरसात तो हुई
बरसों बाद ही सही मुलाकात तो हुई

कितना सफ़र करते थक गए थे
ग़नीमत है दिन ढला रात तो हुई

नज़रें मिलते मिलाते उम्र हो गई थी
बहाने से ही सही कुछ बात तो हुई

मोहब्बत के खेल में कितना हारा मैं
एक बार सही तेरी भी मात तो हुई

बाग़ ऐ दिल में रंग भर गए हैं हसीन
तेरे आने से रंगीन ये क़ायनात तो हुई

मंज़िल अलग थी मगर रास्ता एक था
कुछ पल ही सही वो मेरे साथ तो हुई

मायूसी छाई रहती है मयख़ाने में आजकल
मय तो वही है मगर पैमाने बदल गए हैं

नशा मय में कहाँ था साकी की नज़रों में था
उस साकी के अब ठिकाने बदल गए हैं

जो मज़ा लड़खड़ाने में है वो संभलने में कहाँ
अब तो लड़खड़ाते हुए ज़माने बदल गए हैं

वफ़ा तो कभी किसी ने की ही नहीं हमसे
अब बस बेवफ़ाई के बहाने बदल गए हैं

मुद्दत के बाद आज दीदार हुआ है उनका
वो इतना क्यों अब ना जाने बदल गए हैं

एक वक़्त था हमारा चर्चा बड़ा आम था
आज हम हैं वो हैं मगर फ़साने बदल गए हैं

बहुत दिनों से मैं तन्हा बहुत ज़्यादा हूँ
तुम आकर मेरी रूह को आराम दे जाओ
अब मेरे हिस्से की मुझे शाम दे जाओ

ग़मज़दा है ये महफ़िल तेरे बग़ैर सनम
तुम आकर इसे हंसी के जाम दे जाओ
अब मेरे हिस्से की मुझे शाम दे जाओ

कितना छुपाऊं लोग पूछते रहते हैं
तुम आकर इस रिश्ते को नाम दे जाओ
अब मेरे हिस्से की मुझे शाम दे जाओ

कितने ख़त भेजे तुझे कोई जवाब नहीं
तुम आकर अब कोई पैग़ाम दे जाओ
अब मेरे हिस्से की मुझे शाम दे जाओ

अधूरी है हमारी मोहब्बत की ये दास्तां
तुम आकर अब इसे अंजाम दे जाओ
अब मेरे हिस्से की मुझे शाम दे जाओ

दिल की तन्हाइयों से जब भी आवाज़ आती है
न जाने क्यों इन लबों पे तेरा नाम आ जाता है
जब भी सोचता हूँ कि चली गयी हो तुम कहीं
मुझमें से भी कुछ कहीं चला सा जाता है

जब भी कोशिश करता हूँ तेरी यादों को समेटने की
न जाने क्यों सबकुछ ख़ुद ब ख़ुद बिखर सा जाता है
तुझे हमसफ़र बनाकर जब भी निकलता हूँ घर से
वो सफ़र रास्ते में ही कहीं मर सा जाता है

तम्मनायें दिल की जब कभी छू लेतीं हैं तुझे
न जाने क्यों आंखों में सैलाब सा आ जाता है
सोचता हूँ ग़म-ऐ-मोहब्बत की इन्तेहां हो गई
हद-ऐ-बर्दाश्त है कि और थोड़ा बढ़ सा जाता है

क्या कहूं कि कितना तन्हा हूँ मैं, आलम ये है
कि मेरा साया भी मुझसे जुदा हो गया है
आईना भी मुझे देख कर मुस्कुराता नहीं है
लगता है ये भी मुझसे अब ख़फ़ा हो गया है

उम्मीद की रोशनी चीर नहीं पाती अंधेरों को
अंधेरों में बेबस ये उजाला हो गया है
ज़िन्दगी ख़ूबसूरत थी मोहब्बत से कभी
ज़हर वाला वो मोहब्बत का प्याला हो गया है

न दर्द दिल से जाता है न आँखों से ही बहता है
अंदर रिस रिस के ये घाव अब नासूर हो गया है
किसी को बता नहीं पाते हैं हाल-ऐ-दिल
शायद तभी सब हमारा ही कुसूर हो गया

आकर तू मुझे मिल कभी बाग-ऐ-बहार में
नज़रें बिछाये बैठा हूँ में इंतज़ार में
माना की ग़मों का सबब बनती है मोहब्बत
मज़ा भी बड़ा है मेरी जां इश्क़ प्यार में

अपनी तम्मनाओं को मचलने दो सनम
इश्क़ का ये जादू थोड़ा चलने दो सनम
मुझको भी तो चाँद का दीदार आज हो
इन चिलमनों को चेहरे से फ़िसलने दो सनम

या तो चोरी चोरी हमसे मिलने आया ना करो
या कहने सुनने में ये वक़्त ज़ाया ना करो
तड़प तड़प ये कहीं धड़कना छोड़ दे
तुम इतना मेरे दिल तड़पाया ना करो

ये सच है तेरे प्यार में दीवाना हो गया
तेरा दिल ही मेरा अब तो ठिकाना हो गया
मुझको नहीं है याद कुछ भी तेरे सिवा
मुझे ख़ुद को भूले हुए ज़माना हो गया

हमारी मोहब्बत कोई मकां पा ना सकी
सब चला गया चंद साँसे ना जा सकी
कहती हो तुम कि मैं भुला ना पाया तुम्हें
मगर तुम भी तो मुझे भुला ना सकी

खेल किस्मत का हमारा साथ ना होना
उमड़ते बादलों में भी बरसात ना होना
कहती हो तुम की मैं रोता क्यों हूँ
मगर तुम भी आंसुओं को छुपा ना सकी

ख़ुदा बहुत रोया होगा हमें करके जुदा
इतना पूजा उसे मगर वो भी था बेवफ़ा
कहती हो तुम मैं उसे सजदा नहीं करता
मगर तुम भी पत्थर पे सर झुका न सकी

आज भी मैं वहीँ खड़ा हूँ जहाँ तुमने साथ छोड़ा
दिल में सवाल लिए कि क्यों तुमने मेरा हाथ छोड़ा
मेरे दिल की ये सदायें तुम्हें कुछ कहती होंगीं
आंख तेरी भी नम तो रहती होगी

याद करता हूँ वो बीते पल तो मन भर जाता है
आँखों में अश्क़ों का समंदर उम्दा आता है
तेरे अंदर भी कोई नदी तो बहती होगी
आंख तेरी भी नम तो रहती होगी

मैं खुश नहीं हूँ क्यूंकि तुम्हें भुला नहीं सकता
उस ख़्वाबों की दुनिया से बाहर आ नहीं सकता
तेरी ख़ुशी में भी ख़ुशी कम तो रहती होगी
आंख तेरी भी नम तो रहती होगी

लौट आओ तुम अब ये भी चाहत नहीं है मेरी
मान लिया है मैंने मोहब्बत बेवफ़ा ही है मेरी
मैं चुप हूँ पर तेरी रूह तुझे बेवफा कहती होगी
आंख तेरी भी नम तो रहती होगी

जा चला जा तू गैर ही तो था
आख़िर मोहब्बत मैंने ही तो की थी
दुनिया का डर मुझे क्या दिखाता है
इस दुनिया से बग़ावत मैंने ही तो की थी

अधूरी नहीं रहेगी ये कहानी मेरी
मैं आसमानों पर इबारत लिख दूंगा
भूल गया है तू शायद, याद कर
तेरे किरदार की ख़्यालत मैंने ही तो की थी

अपने खुदा होने का इतना गुरुर ना कर
कहीं मैं सजदे में झुकना बंद ना कर दूँ
पता है ना तुझे तू बस एक पत्थर है तुझे
ख़ुदा कहने की हिम्मत मैंने ही तो की थी

अदब से पेश आता हूँ मैं तो वहम ना रख
कि तेरी जंज़ीरों में बांध लेगा तू मुझे भी
मोहब्बत में आज़ाद हूँ ग़ुलाम नहीं हूँ
लाखों दिलों पे हुकूमत मैंने ही तो की थी

उम्र के कई पड़ाव पीछे रह गए और मैं फिर भी चलता रहा
गैरों के आशियानें रोशन करने किसी चिराग सा जलता रहा
अब लौ डगमगा रही है मेरी बुझने के डर से घबराया हूँ
जाना है मुझे कहाँ ये कहाँ में जान पाया हूँ

मीलों मील चल चुका हूँ कोई मंज़िल नज़र नहीं आती
अब इन रास्तों की रंगीनियां भी मुझे नहीं भाती
साँसे टूटती हैं मेरी थम ना जाएँ इस डर से घबराया हूँ
जाना है मुझे कहाँ ये कहाँ में जान पाया हूँ

आ गई वो मुझे अपने आंचल में लपेट ले जाने के लिए
इस दुनिया से कोई बेहतर दुनिया मुझे दिखाने के लिए
ज़िन्दगी भर हंस ना सका अब मौत देख मुस्कुराया हूँ
जाना है सबको वहां बस यही मैं जान पाया हूँ

कागज़ के फूलों को महकते देखा है
बिन पिए लोगों को बहकते देखा है
पानी में आग को सुलगते देखा है
ठंड से पत्तों को झुलसते देखा है

सच को झूठ में घुलते देखा है
बेगुनाह को फांसी पे झूलते देखा है
इंसान को इंसानियत भूलते देखा है
ठंड से पत्तों को झुलसते देखा है

दोस्तों को दुश्मन सा लड़ते देखा है
सरेआम इज़्ज़त को उछलते देखा है
सच को दो कोड़ी में बिकते देखा है
ठंड से पत्तों को झुलसते देखा है

ज़िन्दगी तू कभी मिली ही नहीं मुझे
फिर क्यों तेरा सपना देखा मैंने
पराई ही रही है तू मुझसे सदा
क्यों तुझमे कोई अपना देखा मैंने

दिया ही क्या है ग़म के सिवा तूने
फिर क्यों खुशियों का इंतज़ार है मुझे
बेवफाई की है तूने उम्र भर मुझसे
क्यों तुझसे इतना प्यार है मुझे

मरा नहीं तो क्या जीया भी कहाँ हूँ
इस तड़प में भी क्यों तेरा अरमां है मुझे
हारा नहीं तो जीता भी कहाँ हूँ
ये सब क्यों लगता तेरा एहसां है मुझे

हमसफ़र है मेरी तू यूँ तो ज़माने से
तेरा साथ क्यों अधूरा सा लगता है मुझे
हज़ारों मंज़िलों का रास्ता साथ तय किया है
उन मंज़िलों को पाना बुरा सा लगता है मुझे

रगों में लहू बन कर दौड़ रही हो तुम
फिर क्यों लहू जमा सा लगता है मुझे
और आंसुओं के सिवा क्या है आंखों में
पर पानी कम बहा सा लगता है मुझे

रोई है तू मेरे प्यार के इज़हार पर हमेशा
फिर भी क्यों इज़हार किया मैंने
तेरे आने की कोई उम्मीद नहीं थी कभी
फिर भी क्यों तेरा इंतज़ार किया मैंने

छुपाया है तुमने मुझसे खुदको हर दफ़ा
फिर भी तेरी रूह का आईना देखा मैंने
और ज़िन्दगी तू कभी मिली ही नहीं मुझे
फिर क्यों तेरा सपना देखा मैंने

कितनी हसीन दुनिया ख़्वाबों की टूट गयी
मेरी मोहब्बत हकीकत में मुझसे रुठ गयी
फिर भी रोज़ कितने नए सपने बुन लेता हूँ
अपने टूटे सपनों के बिखरे टुकड़े चुन लेता हूँ

उम्मीदों के महल तो कबके खंडहर हो गए
पलकों पर अब बस अश्क़ों घर हो गए
ख़ुशी के लम्हें कम सही उनको गिन लेता हूँ
अपने टूटे सपनों के बिखरे टुकड़े चुन लेता हूँ

ज़िन्दगी ने कोई कसर नहीं छोड़ी रुलाया बहुत है
मगर जीती नहीं मुझसे मैंने उसे हराया बहुत है
आज भी उससे अपने हिस्से की ख़ुशी छीन लेता हूँ
अपने टूटे सपनों के बिखरे टुकड़े चुन लेता हूँ

सारे बिखरे टुकड़े समेट लिए अपने दामन में
खिला दिए हज़ारों फूल दिल के गुलशन में
तोड़ती जा तू ख़्वाब मेरे नए सपने बुनता रहूँगा
अपने टूटे सपनों के बिखरे टुकड़े चुनता रहूँगा

आज जहाँ ये कंक्रीट का जंगल खड़ा है यहाँ हरियाली की
बहार थी
इन चौड़ी सड़को की जगह दूर तक जाती पगडंडियों की
कतार थी
कुएं के मीठे पानी को और बरगद के पुराने पेड़ की ठंडी छांव
को
एक शहर निगल गया मेरे गांव को

ये आज जहाँ कैफ़े कॉफ़ी डे है एक बड़ी चौपाल हुआ करती
थी
जहाँ शाम होते ही बातों के साथ ताश की लंबी बाजियां चलती
थी
खेतों में लहलहाती फसलों को और पूरब से आती ठंडी हवाओं
को
एक शहर निगल गया मेरे गांव को

ये जहाँ नकली झूले लगे हैं यहाँ सावन की पींगे डला करती थीं
जहाँ मिनरल वाटर बिक रहा है पनियारियां कुए से पानी भरती
थी
रिश्तों की मिठास को और बड़े बूढ़ों की दुआओं को
एक शहर निगल गया मेरे गांव को

जहाँ आज ये गाड़ियों का शोर है एक सुकून और शांति थी
जहाँ ये गन्दा नाला है एक बलखाती नदी बहती थी

बैलगाड़ी की सवारी को और खुली सब दिशाओं को
एक शहर निगल गया मेरे गांव को

जहाँ ये फ़ास्ट फ़ूड बिक रहा है चूल्हे पे सरसों का साग बनता
था
जहाँ भीड़ में सब अकेले हैं वहां हर त्यौहार साथ मनता था
मेरी माटी की सौंधी खुशबू और जमीं से जुड़ी परम्पराओं को
एक शहर निगल गया मेरे गांव को

समंदर की आती जाती लहरें फिर हों
हो वही रेत पे बना घरौंदा फिर से
तुम मेरे साथ बैठी रहो अनंत तक
बिना कुछ बोले बस मुझसे नजरें मिलाये

खो जाऊँ में तुम्हारी बड़ी इन आँखों में
और सुरीली तान छेड़ती समंदर की लहरों में
बादलों को चीरती हुई सूरज कि एक किरण पड़े
तुम्हारे चेहरे पे और चमक से रोशन कर दे उसे

शोर होता रहे लहरों का और चेह्चहना हो शाम
को घर लौटते हुए परिंदों का और दूर बैठे हुए
फेरी वाले कि आवाज़ पहुँचे हम दोनों तक
तुम कुछ ना कहो तुम्हारे हृदय में झांक लूँ मैं

मैं ना कहूँ कुछ भी तुम मेरी आँखें पढ़ लो
फिर कोई लहर छू ले हम दोनों के पैर और
तोड़ दे हमारा एक दूजे में खोने का एहसास
फिर हम देखें एक साथ किसी उड़ते हुए बादल को

लहरों पर खेलती हुई किसी कश्ती को
शाम कि लालिमा में डूबते हुए सूरज को
सूरज डूबते ही तुम्हारा हाथ थाम लूँ में और
लगा लूँ तुम्हे गले से एक सुनहरी सुबह के इंतज़ार में

और सब धुँधला पड़ जाए

जाती है जो डगर उसके घर
उसे सलाम कह दिया हमने

मंज़िल नहीं मिलेगी सोचकर
रास्ते को मकाम कह दिया हमने

दिल में जो दबाकर रखा उम्र भर
आज सरेआम कह दिया हमने

वो बेवफ़ा निकले जो ज़िन्दगी थे
खुद को बदनाम कह दिया हमने

पी लिया ज़हर भरा प्याला और
उसे नज़रों का जाम कह दिया हमने

ख़ुद में ही डूबा रहता हूँ हर लम्हा अब मैं
तन्हाई हमसफ़र अब मेरी नहीं तनहा अब मैं
मेरी नज़रें अब पल भर के लिए भी नहीं रोती
मुझे अब तुम्हारी कमी महसूस नहीं होती

अंदर के अंधेरों से लड़ उजाला कर लिया मैंने
जख्मों पर मरहम लगा निराला कर लिया मैंने
बिस्तर पर तुम्हारी यादें अब मेरे साथ नहीं सोती
मुझे अब तुम्हारी कमी महसूस नहीं होती

ज़िन्दगी के दोराहे से अपनी राह चुन ली मैंने
टूटे ख़्वाबों जोड़ कर नई दुनिया बन ली मैंने
अपने दिल की माला में पिरो लिए नये मोती
मुझे अब तुम्हारी कमी महसूस नहीं होती

सहमता नहीं हूँ मैं अपने अकेलेपन से अब
भागता नहीं हूँ अपने मुश्किल जीवन से अब
चेहरा अपनी ख़ुशी और आँखें चमक नहीं खोती
मुझे अब तुम्हारी कमी महसूस नहीं होती

बुझी सी है वो जैसे मुरझाया हुआ फूल कोई
नाराज़ है मुझसे शायद कर बैठा हूँ भूल कोई
दबा कर रखती है सीने में दर्द इस कदर वो
हर वक़्त मर रहा हो जैसे फांसी पर झूल कोई

रोती नहीं, हंसती है शायद मुझे हंसाने के लिए
बहाने से छू लेती है दिल बहलाने के लिए
एक तूफ़ान सा उसकेअंदर मचलता रहता है
लहर कोई उठती हो किनारे से टकराने के लिए

जब भी उसे दर्द हो मेरी आंख नम हो जाये
ऐसा रिश्ता जुड़े की रिश्ते की चरम हो जाये
अश्क़ों में बहा दे एक बार वो अपना ग़म
और काश उसका दर्द कम हो जाये

कभी थोड़ी राहत कभी दर्द है
मोहब्बत भी अजीब मर्ज़ है

मैं तेरी अमानत हूँ मेरी जान
मुझे संभालना तेरा फ़र्ज़ है

चुकाते चुकाते थक गया हूँ
ज़िन्दगी तेरा कितना क़र्ज़ है

सुनकर मदहोश हो जाता हूँ
तेरी धड़कन की सुरीली तर्ज़ है

प्यार किया है तो सरेआम बोलो
इज़हार-ऐ-इश्क़ में क्या हर्ज़ है

मैं और ये ज़िन्दगी

संदीप दहिया

संदीप दहिया का जन्म फ़िरोज़पुर (पंजाब) में 13 मार्च 1983 को हुआ । उनके पिता श्री बाबू राम दहिया भारतीय सेना में कार्यरत रहे हैं और माता श्रीमती रेशमा देवी एक ग्रहणी हैं । उनका ताल्लुक हरियाणा में करनाल जिले के गुढ़ा नामक गांव से है जहाँ आज भी उनके परिवार के लोग रहते हैं । संदीप के माता पिता इन दिनों कुरुक्षेत्र में रहते हैं। उनकी दो बहनें हैं जिनका नाम संदीपा दहिया और ज्योति दहिया है ।

संदीप की पढ़ाई इंजीनियरिंग में हुई है । उन्होंने महर्षि मारकण्डेशवर इंजीनियरिंग कॉलेज से मैकेनिकल इंजीनियरिंग में स्नातक एवं दिल्ली कॉलेज ऑफ़ इंजीनियरिंग से मैकेनिकल इंजीनियरिंग में स्नातकोत्तर किया है । वे भारत के अग्रिणी प्रबन्ध संस्थानों में से एक, भारतीय प्रबंध संस्थान (आईआईएम) अहमदाबाद के छात्र रहें हैं । संदीप फरीदाबाद (हरियाणा) में एक भारतीय बहुराष्ट्रीय कंपनी में प्रबंधक के रूप में कार्यरत हैं । संदीप अपनी पत्नी मंजू और बेटी हीरांशी दहिया के साथ फरीदाबाद में रहते हैं

संदीप को लेखन का शौक बचपन से ही था और वे कविता पाठ की प्रतियोगिताओं में स्कूल एवं कॉलेज में भाग भी लेते रहें हैं । **"मैं और ये ज़िन्दगी"** उनकी शायरी और कविताओं का पहला संग्रह है जो इस किताब के माध्यम से प्रकाशित हो रहा है ।

संदीप के लेखन में संज़ीदगी भी है और एक गहराई भी । उनके लेखन में समाज में फैली बुराइयों पर कटाक्ष भी है और उनके खिलाफ लड़ाई की उम्मीद भी । मोहब्बत में हार जाने का ग़म भी है और फिर से उठ खड़े होने का जज़्बा भी । संदीप का लेखन उन्हीं के जीवन में हुई घटनाओं से बहुत प्रभावित है । वो अपने लिए लिखते हैं और शायद इसीलिए उनकी लिखाई में जो सच्चाई है वो कहीं न कहीं आपके दिल को भी छू जाएगी ।

संपर्क: scud463@gmail.com

आभार

इस किताब को लिखने में बहुत से लोगों ने मेरी सहायता की है एवं मुझे निरंतर उत्साहित करने में योगदान दिया।

सबसे पहले मैं आभारी हूँ अपने माता जी और पिता जी का जिन्होंने मुझे हमेशा एक अच्छा इंसान बनने के लिए प्रेरित किया है एक अच्छा लेखक बनने के लिए एक अच्छा इंसान होना भी आवश्यक है।

मेरी दोनों बहनों ने हमेशा मेरी लेखन प्रतिभा को सराहा है और ये विश्वास दिया है की मैं एक अच्छा लेखक बन सकता हूँ अतः मैं उन दोनों का भी आभार व्यक्त करता हूँ

इस किताब को लिखते समय मेरी पत्नी और मेरी बहुत छोटी बेटी का बहुत योगदान है उनके वक़्त से वक़्त चुरा कर ही मैं इस किताब को लिख पाया हूँ

मैं निजीश का भी आभारी हूँ जो मेरे बहुत अच्छे मित्र भी हैं इस किताब का कवर उन्हीं की देन है

मैं अपने सभी मित्रों और शुभचिंतनिको के प्रति भी आभार व्यक्त करता हूँ जो हमेशा मेरे लिए दुआ करते हैं और जीवम में आगे बढ़ने में भी सहयोग देतें हैं

अंत में मैं अनुज और उनकी पूरी कलामोस टीम का भी बहुत आभारी हूँ जिन्होंने इस किताब को ये सुन्दर रूप में प्रस्तुत करने में मेरी बहुत मदद की है और पूर्ण सहयोग भी दिया